意味がわかるとゾッとする話　3分後の恐《きょう》怖《ふ》

むなさわぎ

むなさわぎ

むなさわぎ 5
押入《おしい》れ 9
猫《ねこ》の目 13
カーテン 17
ハロウィン 21
神社の森 25
赤い橋 29
火災現場《かさいげんば》 33
古戦場 37
今になって? 41
屋根 45
エレベーター 49
カンカンカン・・・ 53
歩道橋 57
修学旅行《しゅうがくりょこう》 61
雨宿《あまやど》り 65
美容室《びようしつ》 69
降《ふ》りはじめた雨 73

意味がわかるとゾッとする話　3分後の恐怖《きょうふ》

病院　77
パソコンゲーム　81
金魚鉢《きんぎょばち》　85
マッサージ　89
交差点　93
記憶《きおく》　97
舞台《ぶたい》　101
墓参《はかまい》り　105
地下鉄　109
雷《かみなり》の夜　113
横断歩道《おうだんほどう》　117
図書室　121
拾《ひろ》い物　125
ストーカー　129
窓《まど》　133
カラオケ　137
付録　141
あとがき　150

むなさわぎ

理由もなく胸《むね》がドキドキする、なんだか落ち着かない。
そんな状態《じょうたい》を「むなさわぎ」と言います。
これから起こる良くない出来事を予感して、心が騒《さわ》ぐのです。

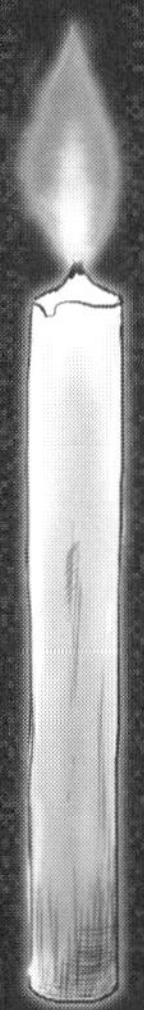

朝、目が覚《さ》めたときから気分がよくない。
何だか胸《むね》がざわざわする。
どうしてだろう・・・昨夜見た夢《ゆめ》のせいかな？
学校には行きたくなかったけど「悪夢《あくむ》のせいで」なんて理由じゃ休めないよね。
仕方なくいつもと同じように学校へ行く支度《したく》をする。
でもどんな夢《ゆめ》だったっけ？
学校へ向かう途中《とちゅう》に大きな通りがある。
信号手前で激《はげ》しいめまいに襲《おそ》われて我慢《がまん》できずにしゃがみ込《こ》んでしまった。

「あなた、大丈夫《だいじょうぶ》？」

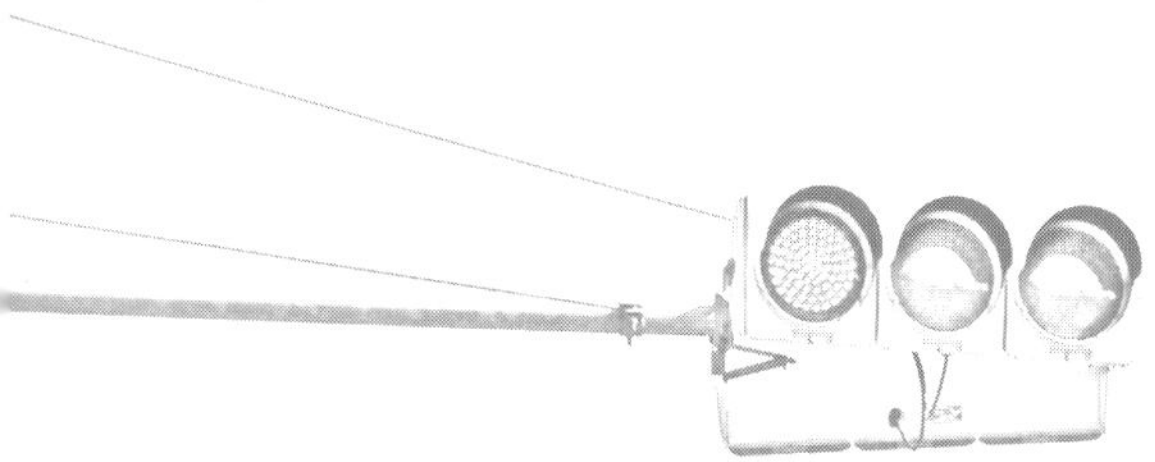

「ここは危《あぶ》ないから、もう少し先の公園で休んだほうがいいわよ」
通りかかった女性《じょせい》が心配そうに声をかけてくれた。
言われた通り公園まで向かうとベンチに腰《こし》を下ろして大きく息をついた。
不思議に気分が落ち着いてくる。

もう大丈夫《だいじょうぶ》かな。
立ち上がったとき、けたたましいクラクションと大きな衝撃音《しょうげきおん》が聞こえてきた。
あわてて通りに出ると、さっきまでいた場所に車が乗り上げている。
その光景に記憶《きおく》がよみがえった。
これだ、夢《ゆめ》で見たのは・・・。

近い将来《しょうらい》に起こる出来事を夢《ゆめ》で知る「予知夢《よちむ》」。

彼女《かのじょ》が見た予知夢《よちむ》は「事故《じこ》に巻《ま》き込《こ》まれる」というものでした。

本当だったら、彼女《かのじょ》はここで命を落としていたのかもしれません。

しかし一人の女性《じょせい》の言葉によって助けられました。

その女性《じょせい》もまた、むなさわぎがしていたとしたら・・・。

押《おし》入《い》れ

子どもの頃《ころ》に押入《おしい》れにいろいろな物を持ち込《こ》んで「秘密基地《ひみつきち》」をつくった記《き》憶《おく》があります。

誰《だれ》にも邪魔《じゃま》されない「自分だけの空間」が欲《ほ》しかったからです。

あの暗くて狭《せま》い空間が子どもの好奇心《こうきしん》を刺激《しげき》するのです。

毎年、夏休みは田舎《いなか》のおばあちゃんの家で過《す》ごしていた。
古くて大きな家で、特にわたしのお気に入りは「押入《おしい》れ探検《たんけん》」。
おばあちゃんの家に住《す》んでいるハルちゃんといっしょに押入《おしい》れにもぐって遊ぶんだ。
おままごとやお手玉、寝《ね》そべってたくさんおしゃべりもした。
でもおばあちゃんは「危《あぶ》ないからダメだよ」「神隠《かみかく》しに遭《あ》うよ」って。
カミカクシってなんだろう？
危《あぶ》ないことなんか何もないのに。
今年もハルちゃんといっしょに「押入《おしい》れ探検《たんけん》」を楽しんだ。
「今日はもっと奥《おく》の方まで行ってみようよ」ってハルちゃんが言い出した。

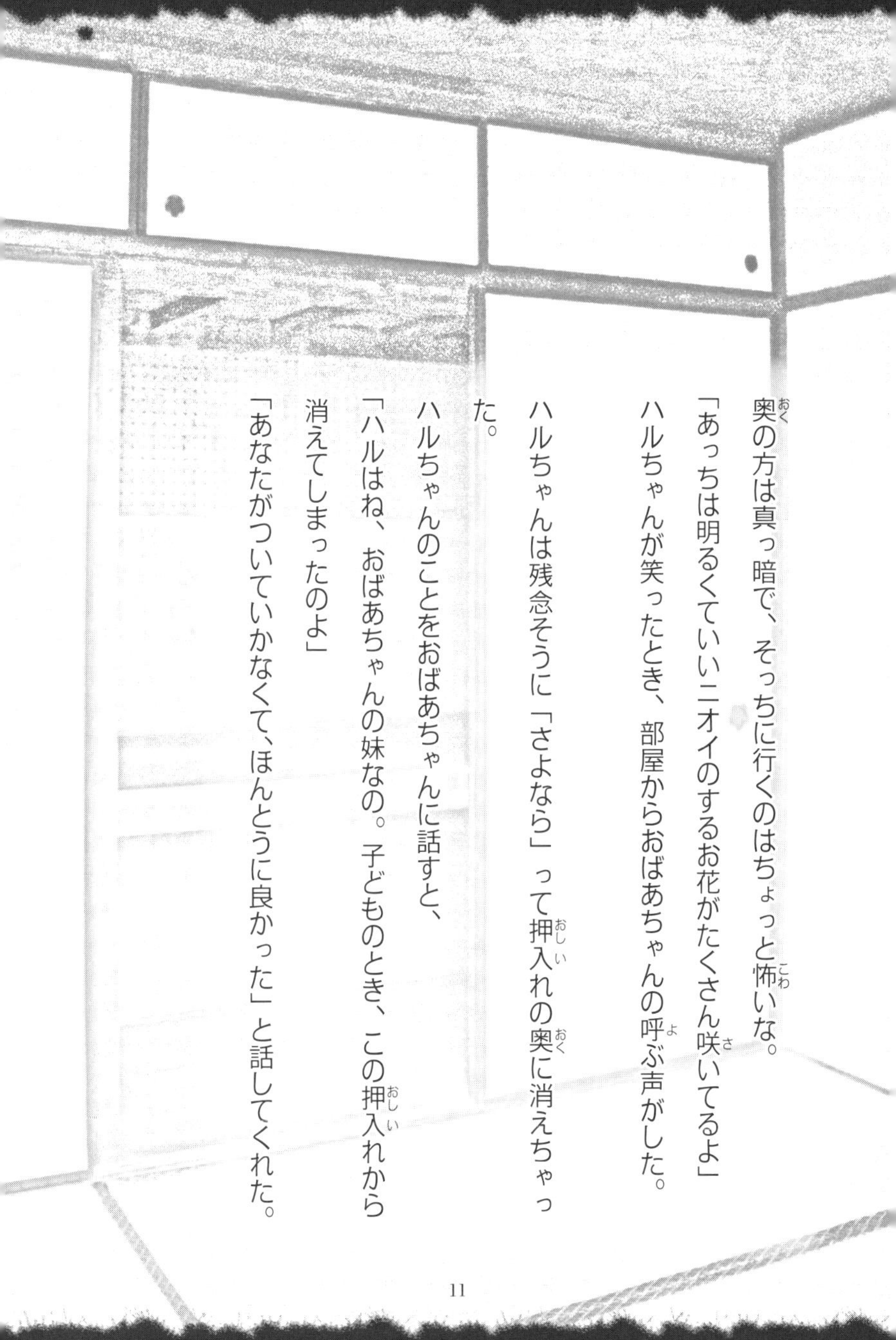

奥《おく》の方は真っ暗で、そっちに行くのはちょっと怖《こわ》いな。

「あっちは明るくていいニオイのするお花がたくさん咲《さ》いてるよ」

ハルちゃんが笑ったとき、部屋からおばあちゃんの呼《よ》ぶ声がした。

ハルちゃんは残念そうに「さよなら」って押入《おしい》れの奥《おく》に消えちゃった。

ハルちゃんのことをおばあちゃんに話すと、

「ハルはね、おばあちゃんの妹なの。子どものとき、この押入《おしい》れから消えてしまったのよ」

「あなたがついていかなくて、ほんとうに良かった」と話してくれた。

ある日突然《とつぜん》、人が姿《すがた》を消してしまう「神隠《かみかく》し」。

これは年齢《ねんれい》や性別《せいべつ》に関係なく起こるとされています。

神隠《かみかく》しにあったハルちゃんは、歳《とし》を取ることもなく「押入《おしい》れの奥《おく》の世界」に暮《く》らしているのです。

そして向こうの世界に「わたし」を連れて行こうとしていたのでしょう。

猫《ねこ》の目

神秘的《しんぴてき》で気まぐれな猫《ねこ》は、古くから人間を魅了《みりょう》しています。
そんな猫《ねこ》の目にはわたしたち「人間」はどのように映《うつ》っているのでしょう？
お世話をしてくれる大きな猫《ねこ》？

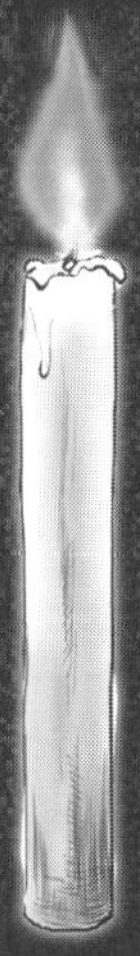

猫《ねこ》って、たまに誰《だれ》もいない空間をじっと見てたりするじゃない？
うちの猫《ねこ》もそういうことするんだよね。
「猫《ねこ》が見てるところにナニかいる」なんて聞くしさ。
あれってマジ怖《こわ》いよ。
声かけても反応《はんのう》しないし。
たまに動いてるモノを追っかけてるみたいに頭動かすし。
夜、誰《だれ》もいないときにそういうことされるのも怖《こわ》いって思ってたん
だけど。

最近、やらなくなったんだよね。
いつ頃《ごろ》からかって？
うーん、たしか先月くらい？

そうそう、先輩《せんぱい》たちといっしょに○○山のダム湖に行ったころから
かな。

今度は急にアタシのことを避《さ》けるようになったんだ。
近寄《ちかよ》ると「シャーッ」て威嚇《いかく》されるし。
抱《だ》っこしようとすると引っ掻《か》いて逃《に》げて行くし・・・。

猫《ねこ》が何もない空間を見ているときは、そこに霊《れい》がいるとよく言われます。
そんな行動をとっていた猫《ねこ》が、急に飼《か》い主を避《さ》けるようになりました。
ダム湖は、おそらく心霊《しんれい》スポットだったのでしょう。
猫《ねこ》は飼《か》い主の背後《はいご》にいる霊《れい》が見えているのです。

カーテン

カーテンの陰《かげ》に、誰《だれ》かがいるような気がしてゾッとしたことはありませんか？
薄暗《うすぐら》い部屋の中で人の姿《すがた》が見えて、驚《おどろ》いてしまうことがあります。

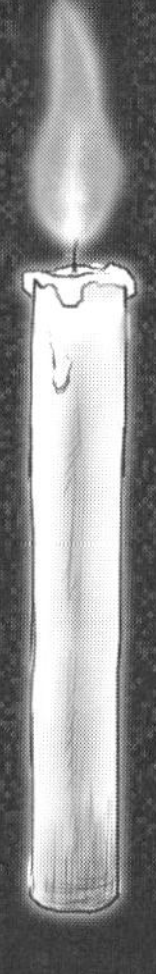

週末の文化祭に備《そな》えて、体育館で演劇部《えんげきぶ》のリハーサル。

照明や音響《おんきょう》の調整を済《す》ませて、あとは本番を待つだけ。

ステージに人がいなくなると、放送室にいた生徒が小窓《こまど》を開けた。

「先生、舞台《ぶたい》のカーテンのあたりに誰《だれ》かいませんか？」

と声をかけてきた。

「どこのカーテン？」

「ステージの左側です」

束《たば》ねられたカーテンの上部分から真横に顔を出している女子生徒がいた。

ステージ下から見ても空中に浮《う》いているがわかる。

「先生、誰《だれ》かいましたか？」

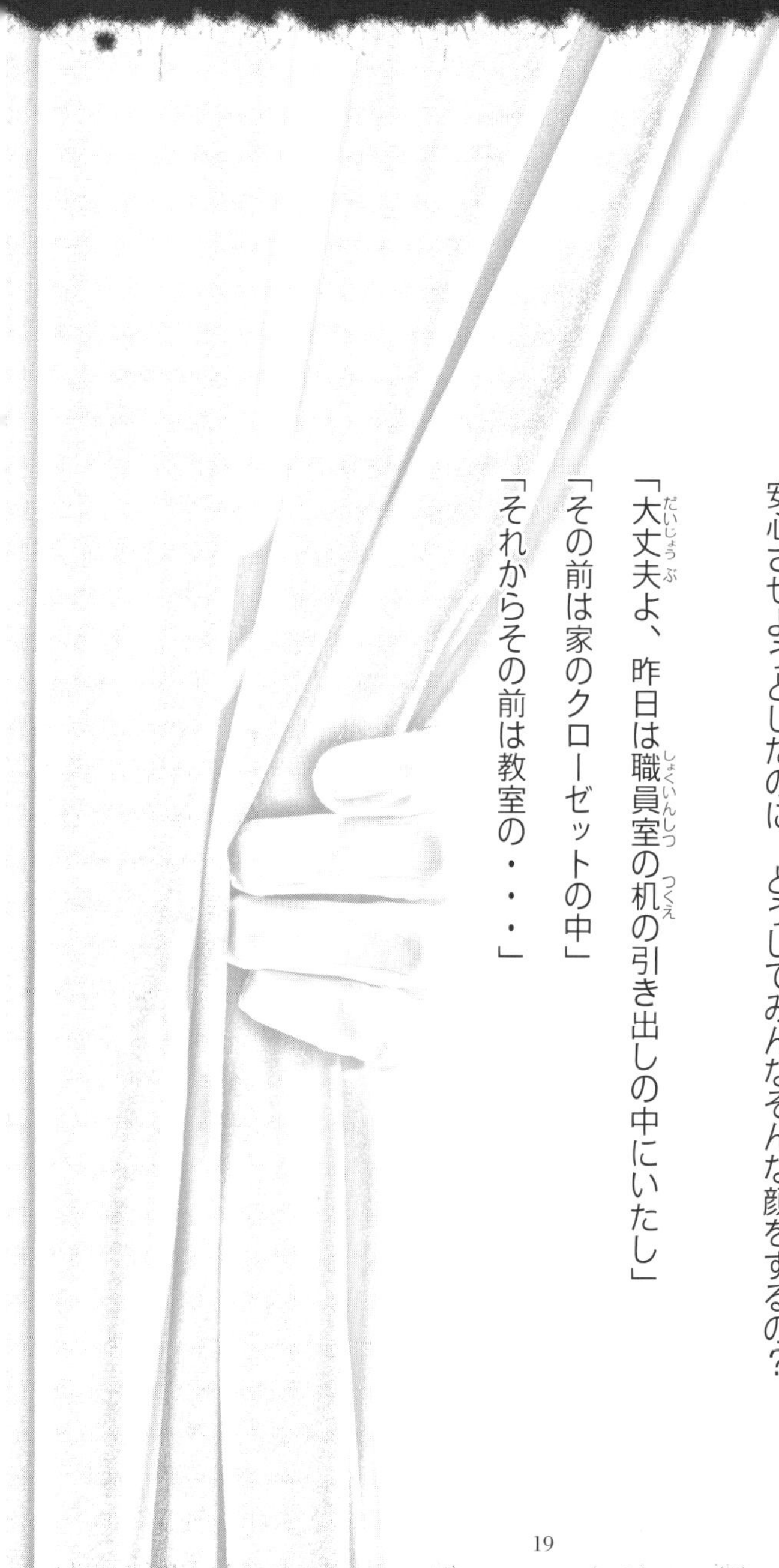

ステージを見上げながら、みんな不安そうな顔をしている。

「心配しなくていいわよ、知ってる子だから」

安心させようとしたのに、どうしてみんなそんな顔をするの？

「大丈夫《だいじょうぶ》よ、昨日は職員室《しょくいんしつ》の机《つくえ》の引き出しの中にいたし」

「その前は家のクローゼットの中」

「それからその前は教室の・・・」

この女子生徒は先生に取り憑《つ》いて、あちこちに姿《すがた》を見せているようです。

あまりにも毎日近くにいすぎて、先生も感覚がおかしくなってしまっているのでしょう。

ハロウィン

すっかり日本の風物詩として定着してしまったハロウィン。

これは古代ケルトの信仰《しんこう》で一年の終わりである十月三十一日に死者が家族の元へ戻《もど》ってくるという、「お盆《ぼん》」のような行事です。

決してバカ騒《さわ》ぎをするためのお祭りじゃないんですよ。

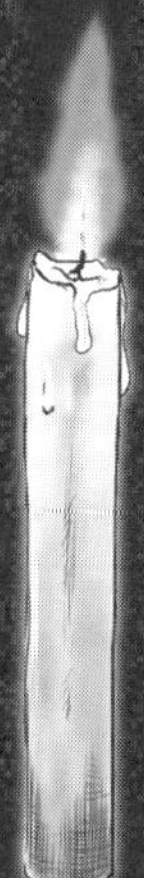

今夜はハロウィン。

時計の針《はり》が十月三十一日の深夜零時《れいじ》を指すまでは「あの世」と「この世」が交じり合う。

「トリックオアトリート、お菓子《かし》をくれなきゃいたずらしちゃうぞ」

カボチャのランタンに火を入れて、町中の家を訪《たず》ねて回る。

仮装《かそう》を忘《わす》れちゃいけないよ？

通りには魔女《まじょ》や悪い精霊《せいれい》や妖怪《ようかい》、悪霊《あくりょう》があふれているからね。

バレたら連れて行かれちゃうよ。


最近はただ騒《さわ》がしいだけで、本当の意味をわかってないよね。

魔除《まよ》けの火もないし、収穫《しゅうかく》した作物や動物の生け贄《にえ》もない。

だから家の中にも入り放題だし、いたずらもやり放題。

誰《だれ》も気がつきゃしない。

だってわからないでしょ？
いっしょに騒《さわ》いでいた誰《だれ》かが急にいなくなったとしても。
「こっち」から「あっち」へ、もう何人も連れて行ったよ。
見分けなんかつかないんだからさ！
次は誰《だれ》にしようかな。

元々「ハロウィン」は秋の収穫《しゅうかく》に感謝《かんしゃ》し、神々に祈《いの》りを捧《ささ》げる祭りでした。

こちらに来ている「あの世」の者たちにバレないように仮装《かそう》するのです。

きっと今年も魔物《まもの》たちは、人混《ひとご》みにまぎれて誰《だれ》かを狙《ねら》っているのです。

神社の森

土地に根づいて人々の生活を見守る神社。
大きな社から小さな祠《ほこら》まで、日本には数多くの神様が存在《そんざい》しています。
あなたの家の近くにある神社には、どんな神様が祀《まつ》られていますか？

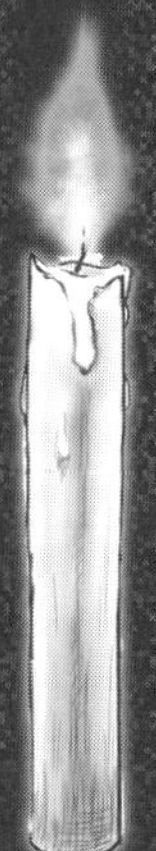

古い神社の境内《けいだい》に集まって、みんなと缶蹴《かんけ》りをするのがいつもの遊びだった。

ある日森の方へ飛んでいった空き缶《かん》を、W君が探《さが》しに行った。

草むらから出て来たWくんの手には空き缶《かん》と十五センチくらいの鉄製の棒《ぼう》が握《にぎ》られていた。

片側《かたがわ》が尖《とが》っていて、反対側は奇妙《きみょう》に潰《つぶ》されている。


空き缶《かん》に投げつけてみたり、地面に絵を描《か》いたり。

さんざん遊んだ後で、その棒《ぼう》はW君が持って帰ることになった。

でも翌々日《よくよく》の帰り道、W君にあの棒《ぼう》のことを聞くと、捨《す》てたと言う。

「あの夜、すごく怖《こわ》いことがあったんだ」

深夜、急な腹痛《ふくつう》で目を覚《さ》ますと、部屋の中に白い着物姿《すがた》の女の人が立っていた。
口にあの鉄の棒《ぼう》をくわえ、真っ赤な目でにらみつけていた。
W君の声で両親が部屋に飛び込《こ》んできた時には、もう女の姿《すがた》は消えていて。
床《ゆか》の上には、しまっておいたはずの鉄の棒《ぼう》が転がっていた。
怖《こわ》くなったW君は、翌朝《よくあさ》森に鉄の棒《ぼう》を投げ捨《す》てに行ったそうだ。

真夜中の神社で人を呪《いわ》う儀式《ぎしき》「丑《うし》の刻参《こくまい》り」。

その儀式《ぎしき》に使われる釘《くぎ》は、簡単《かんたん》に抜《ぬ》かれないために頭を潰《つぶ》すことがあります。

少年たちが神社の森で見つけたのは、昔「丑《うし》の刻参《こくまい》り」に使われた釘《くぎ》だったのでしょう。

はるか昔の呪《のろ》いは時間が経《た》っても消えていなかったのです。

赤い橋

日常《にちじょう》から離《はな》れて景色を楽しみ、温泉《おんせん》で疲《つか》れを癒《い》やし、料理に舌鼓《したつづみ》を打つ。
忙《いそが》しい生活を忘《わす》れて過《す》ごす、旅はいいものです。

温泉《おんせん》が有名な観光地への旅行。
料理は美味しいし、温泉《おんせん》は気持ちいい、本当に来てよかった。
心地よい風に誘《さそ》われて、宿の周辺《しゅうへん》を散策《さんさく》することにする。
歩いて行くと、近くの川にかかる赤い橋が見えた。
腰《こし》をかがめた小柄《こがら》なおばあさんがゆっくりと渡《わた》っている。
道に沿《そ》って続く川は、その先で緩《ゆる》やかなカーブを描《えが》いて別の川と合流していた。

暗くなってきたせいか川のほとりには淡《あわ》い光が舞《ま》いはじめていた。
あれはホタル？
こんな所でホタルを見られるなんて！
翌朝《よくあさ》、昨日見た橋を渡《わた》ってみることにした。

出かける前に、旅館の従業員《じゅうぎょういん》に橋のことを尋《たず》ねる。

「あの赤い橋を渡《わた》るとどこに行けるんですか？」

「赤い橋ですか？　今はもうありませんが、よくご存知《ぞんじ》ですね！」

「十年くらい前に大雨で流されてから、架《か》け替《か》えていないんですよ」

「橋」は、あの世とこの世をつなぐ境界線《きょうかいせん》でもあります。
今はもうないはずの赤い橋とおばあさん。
橋を渡《わた》った先は、この世ではない世界なのでしょう。
そして、ホタルだと思っていた淡《あわ》い光は、死者の魂《たましい》だったのかもしれません。

火《か》災《さい》現《げん》場《ば》

空気が乾燥《かんそう》してくると多くなってくるのが風邪《かぜ》やインフルエンザ、
そして火災《かさい》です。
ほら、聞こえてきませんか？
現場《げんば》へ急行する消防車《しょうぼうしゃ》のサイレンの音が。

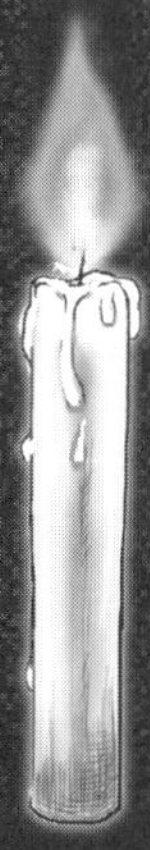

夜の十時を回った頃《ころ》、コンビニの帰り道で消防車《しょうぼうしゃ》とすれ違《ちが》った。
サイレンを響《ひび》かせて走り抜《ぬ》けていく消防車《しょうぼうしゃ》、救急車、パトカー、そしてまた消防車《しょうぼうしゃ》。
現場《げんば》はここから近そうだ、ちょっと見に行ってみよう。
燃《も》えているのは駅に近い繁華街《はんかがい》の裏《うら》にある、二階建ての古い木造《もくぞう》の家。
こんな時間だけど残業帰りの会社員や近所の人たちが集まっていた。
黄色い規制線《きせいせん》の前で、警察官《けいさつかん》が近づかないように注意を促《うなが》している。
野次馬《やじうま》の頭越《あたまご》しに、駆《か》け回る隊員にまぎれて一人の老人が立っているのが見えた。
この家の住人だろうか、あんな場所にいたら危《あぶ》ないだろうに。

老人は無表情《むひょうじょう》に燃《む》える家を見上げていたが、ゆっくりとこちらを振《ふ》り返った。
わりと距離《きょり》があったのに、その姿《すがた》はなぜかハッキリと見えた。

翌日《よくじつ》のニュースで昨晩《さくばん》の火事が伝えられていた。
この火事で、一人暮《ぐ》らしの老人が逃《に》げ遅《おく》れて亡《な》くなったようだ。
ここ数日、空気が乾燥《かんそう》していたから火の回りが早かったんだろう。
『気がついた時にはもう手遅《てお》れでね。逃《に》げられなかったんだよ』
耳のすぐそばで、奇妙《きみょう》にしわがれた声がそう囁《ささや》いた。

燃《も》え盛《さか》る家の前に立って火災現場《かさいげんば》を見つめていた老人は、逃《に》げ遅《おそ》れて亡《な》くなった、その家の住人でした。

自分が死んだことに気づかず、燃《も》える自宅《じたく》を見ていたのです。

そして、自分に気づいた相手に憑《つ》いて行ってしまったのでしょう。

古戦場

映画《えいが》やテレビ番組などさまざまに取り上げられる戦国時代。
度重《たびかさ》なる合戦では、数多くの戦死者が出ていました。

小学生の頃《ころ》、夏になると田舎《いなか》にある親戚《しんせき》の家に遊びに行くのが恒例《こうれい》だった。

そこは山々に囲まれ、少し山に入ればカブトムシやクワガタなどたくさん取ることができた。

舗装《ほそう》された県道から分かれる草で覆《おお》われた細い山道を散策《さんさく》することも冒険心《ぼうけんしん》をくすぐられた。

この道の先はどこに続いているんだろう？

そんな疑問《ぎもん》をもったものだ。

そんなある日、いつものようにその細い山道にさしかかると、テレビの時代劇《げき》でしか耳にしたことはなかった馬の蹄《ひづめ》のような音がどこからともなく聞こえてきた。

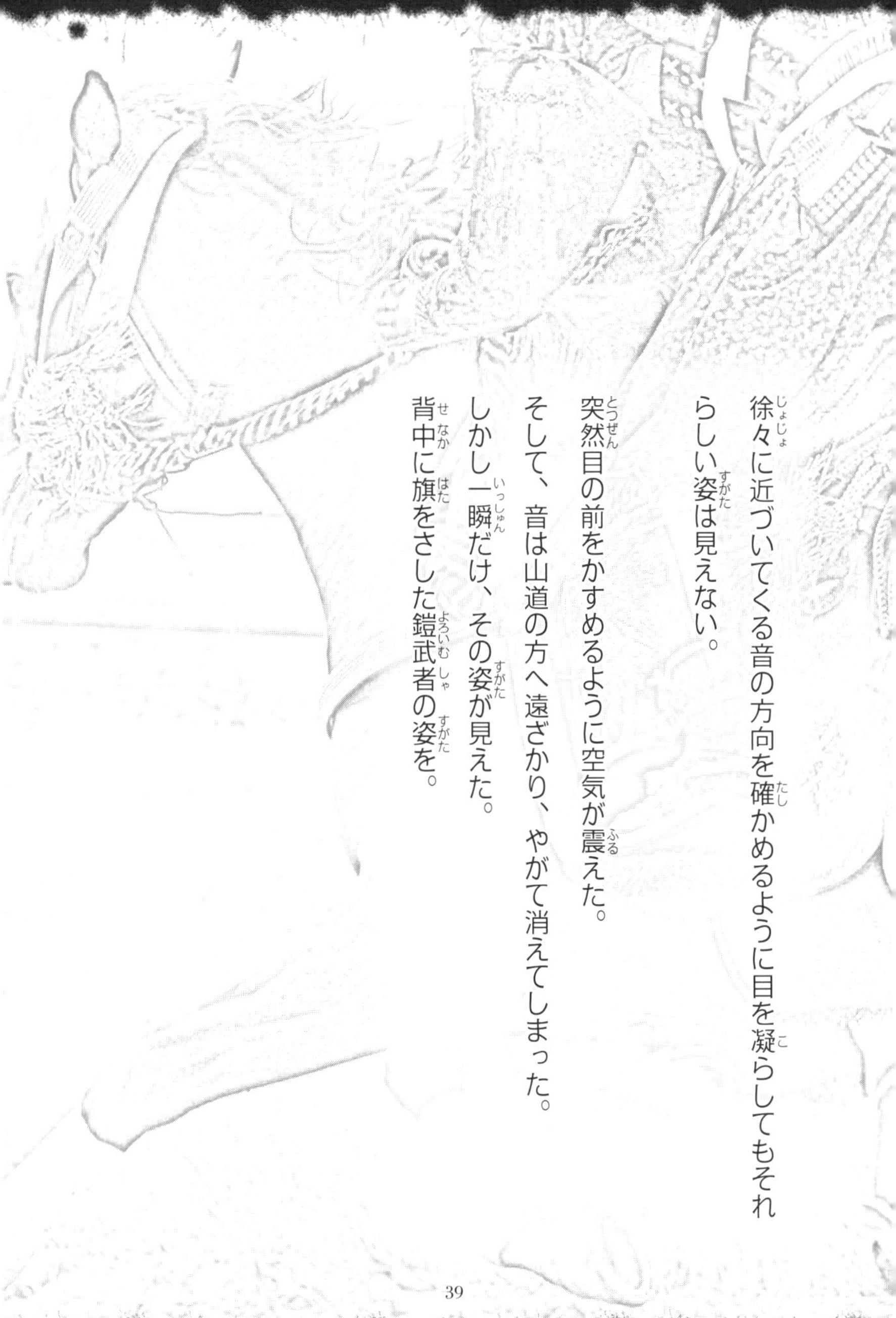

徐々《じょじょ》に近づいてくる音の方向を確《たし》かめるように目を凝《こ》らしてもそれらしい姿《すがた》は見えない。

突然《とつぜん》目の前をかすめるように空気が震《ふる》えた。

そして、音は山道の方へ遠ざかり、やがて消えてしまった。

しかし一瞬《いっしゅん》だけ、その姿《すがた》が見えた。

背中《せなか》に旗《はた》をさした鎧武者《よろいむしゃ》の姿《すがた》を。

戦場へ向かう騎馬武者《きばむしゃ》の亡霊《ぼうれい》だったのでしょう。
何百年もこの道を走り続けているのです。

今になって？

スマホの登場でわたしたちの生活は大きく変化しました。

さまざまなツールのおかげでより簡単《かんたん》にコミュニケーションを取れるようになりました。

ですが何事にも反対の面はあるものです。

依存症《いぞんしょう》、スパムメール、振《ふ》り込《こ》め詐欺被害《さぎひがい》、そして謎《なぞ》の電話。

数日前からわたしのスマホに着信が入るようになった。

スマホを耳に当てても、ノイズがひどくてよく聞き取れない。

試しに折り返してみると無機質《むきしつ》な電子音声で「現在《げんざい》使われておりません」のメッセージ。

スマホの電源《でんげん》を切って机《つくえ》の上に投げ出しておいた。


しばらくすると、また同じ番号から着信。

「もしもし？」

『まだ・・・で待ってるよ』とぎれとぎれにしか聴《き》こえない。

「よく聞こえないんですけど」

ふいに聞こえてくる甲高《かんだか》いブレーキ音と鈍《にぶ》い音。

その瞬間《しゅんかん》、記憶《きおく》がよみがえった！
あの日、わたしは待ち合わせに遅《おく》れてしまったんだ。
『待ってるから連絡《れんらく》ちょうだい』
留守録《るすろく》に残された彼女《かのじょ》のメッセージと、事故《じこ》の衝撃音《しょうげきおん》。
でも、あれから何年になるだろう。
今になってどうして？

着信は、すでに履歴《りれき》も消えてしまった友人からのものでした。
あの日事故《じこ》で亡《な》くなった友人の・・・。
彼女《かのじょ》はまだ自分が死んだ場所でわたしを待ち続けているのでしょうか?
でも、なぜ今になって?

屋根

歩く時、いつも足元ばかりみていませんか？
たまには視線《しせん》を上にあげて歩くのもいいかもしれませんよ。
気がつかなかった意外なモノが見えるかも。
まあ、それがいいものかどうかは・・・わかりませんけどね？

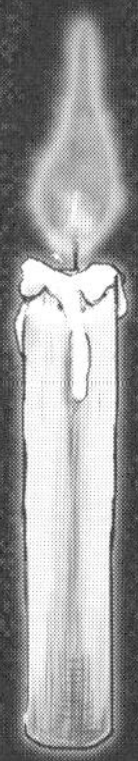

学校帰り、毎日歩くいつもの通り道。
暑かった夏もようやく終わり、季節は秋になろうとしている。
目の前を横切ったトンボの姿《すがた》につられて視線《しせん》を上げる。
見間違《みまちが》いだろうか、誰《だれ》かが立っている。
電気工事？　屋根の修繕《しゅうぜん》？
近づくにつれて、それが工事や修理《しゅうり》の業者ではないとわかった。

その人影《ひとかげ》は、何もない屋根の上でゆらゆらと揺《ゆ》れている。
そしてゆっくりとこちらに顔を向けた。
表情《ひょうじょう》は陰《かげ》になっていてよく見えない。
次の瞬間《しゅんかん》、滑《すべ》るようにわたしの方に向かって近づいてくる。

その人影《ひとかげ》は屋根から飛び降《お》りたように見えた。

しかし、そうではなかった。

目の前にある家の庇《ひさし》に立って前後に揺《ゆ》れているのだ。

その人影《ひとかげ》が何を意味するものなのかは不明です。
しかし、この世のものではないことは確《たし》かでしょう。
霊《れい》が時間の経過《けいか》とともに妖怪《ようかい》のような存在《そんざい》になったのかもしれません。
自分がかつて「人間」であったことも忘《わす》れて・・・。

エレベーター

高層階《こうそうかい》へ向かうエレベーター。
一人で乗っていると不安になりませんか？
見えない誰《だれ》かが乗っているかもしれません。

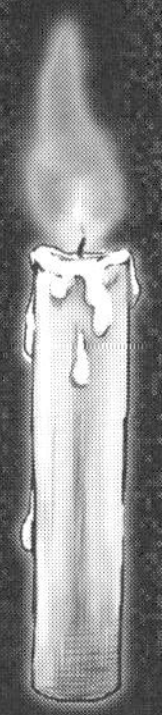

ある夜遅《おそ》くに、友人との約束で彼《かれ》の自宅《じたく》マンションに出かけた。

エントランスを抜《ぬ》けると、一階のエレベーターの扉《とびら》が開いていた。

誰《だれ》も乗ってはいないのに、近づくと目の前で扉《とびら》が閉《し》まり上昇《じょうしょう》してしまった。

上の階の誰《だれ》かが、呼《よ》んだのだろう。

エレベーターは上昇《じょうしょう》を続け、表示階《ひょうじかい》の光は「R」で止まった。

「屋上か」

しばらくして、エレベーターはボクの押《お》したボタンに呼《よ》ばれて一階まで降《お》りてくる。

そして友人宅《たく》のある階まで昇《のぼ》っていった。

「ここのマンションって屋上に何があるの？」

「何もないよ。屋上の扉《とびら》の鍵《かぎ》は、今は管理人さんが保管《ほかん》してるから勝手には開けられないんだ」

友人は不思議そうな顔をして答えた。

そこで自分が乗りそこねたエレベーターの話をした。


それを聞いた友人は急に青ざめ、声を潜《ひそ》めるように話し出した。

「前にさ、屋上から飛び降《お》り自殺があったんだ」

それ以来、屋上には出られなくなっているようだ。

「それから度々《たびたび》、夜遅《おそ》くに誰《だれ》も乗っていないエレベーターが屋上に向かうことがあるらしいんだ」

飛び降《お》り自殺のあったマンション。
空っぽのエレベーターが今も屋上へ向かいます。
自分が死んだことに気がついていない誰《だれ》かを乗せて。

カンカンカン。。。

電車の通過《つうか》を知らせる踏切《ふみきり》の音。
昼間はどうということもないのに、
夜中になると何だか妙《みょう》に気になったりしませんか？
あの独特《どくとく》のリズムで鳴《な》り響《ひび》く音と、交互《こうご》に明滅《めいめつ》する赤い灯《あかり》。

夜中になると辺りが静かになるせいか、踏切《ふみきり》の音が風にのって聞こえてくる。
カンカンカン・・・。
一晩《ひとばん》中聞こえてくるこの音がうるさくて仕方がない。
耳栓《みみせん》をしても、まるで効果《こうか》はない。
何日もこんな感じで、寝不足《ねぶそく》がずっと続いている。
この音が聞こえない場所でゆっくりと眠《ねむ》りたい。

カンカンカン・・・誰《だれ》か止めてくれ。
きっと今夜も眠《ねむ》れない。
頭から毛布《もうふ》をかぶり、何度も寝返《ねがえ》りをうつ。
あまりの寝苦《ねぐる》しさに、目を開けた。

「そいつ」はボクの顔に覆《おお》いかぶさるようにのぞき込《こ》んでいる。
そしてその音は、ポッカリと開いた真っ黒い口の奥《おく》から聞こえている。

カンカンカン・・・

踏切《ふみきり》の音が一晩中《ひとばん》聞こえてくるはずがありません。
踏切《ふみきり》の警報音《けいほうおん》は、わたしの顔をのぞき込《こ》む誰《だれ》かの口の中から聞こえてきます。
踏切事故《ふみきりじこ》で亡《な》くなった霊《れい》なのでしょうか。
でも、なぜボクのところに・・・。

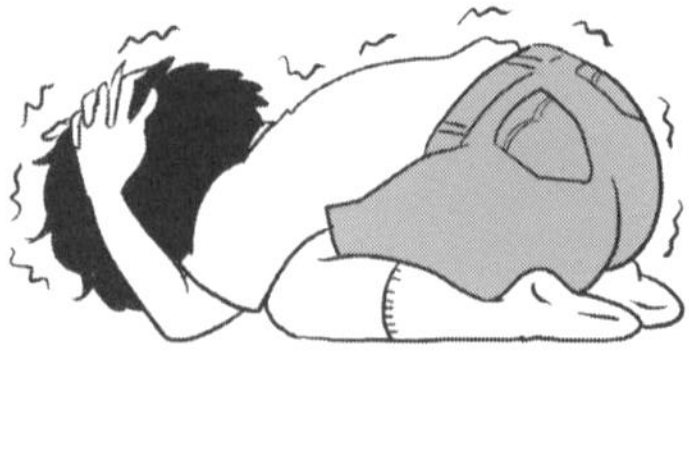

歩道橋

交通量の多い道路などに設置《せっち》された歩道橋。
その多くは昭和四〇年代から五〇年代にかけてつくられたものです。
現在《げんざい》では老朽化《ろうきゅうか》を理由に、また利用者の減少《げんしょう》から
撤去《てっきょ》される歩道橋も多いようです。

明け方から降《ふ》っていた雨は、夜になると雪にかわった。
バスから降《お》り、白く染《そ》まりつつある歩道を歩く。
国道にかかる歩道橋の階段《かいだん》に足をかけた時、勢《いきお》いよく雪が吹《ふ》きつけてきた。
歩道橋を見上げると黄色い雨ガッパを着た女の子がいた。

誰《だれ》かを迎《むか》えに来たのかしら？
階段《かいだん》を昇《のぼ》り切るが、もうそこに少女の姿《すがた》はなかった。
反対側に下りていったのかな？
わたしも早く帰ろう。
歩道橋を渡《わた》り終わって下りの階段《かいだん》に足をかけ、ふと振《ふ》り返る。
今歩いてきた歩道橋の真ん中に下を見下ろしている少女がいた。

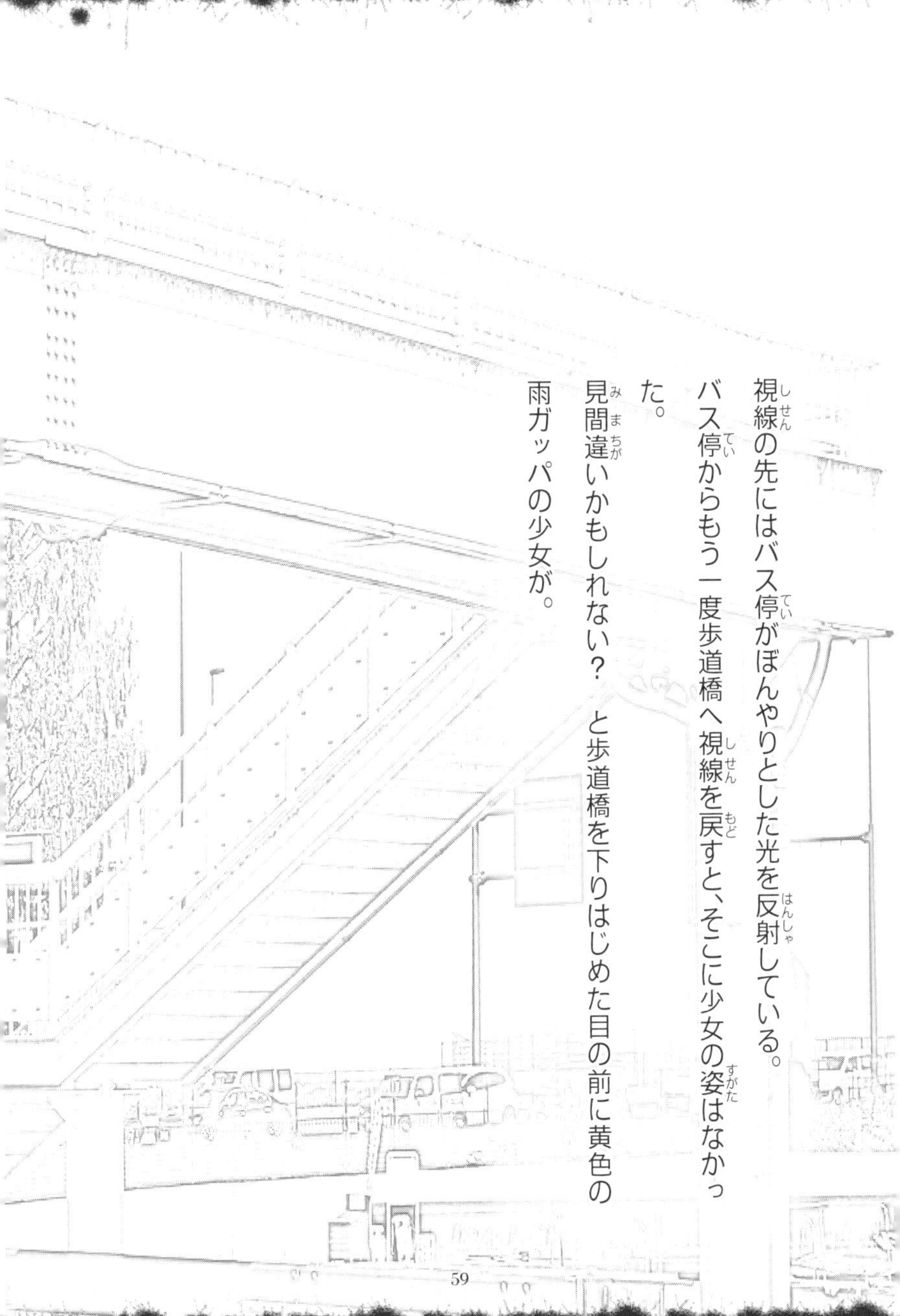

視線《しせん》の先にはバス停《てい》がぼんやりとした光を反射《はんしゃ》している。

バス停《てい》からもう一度歩道橋へ視線《しせん》を戻《もど》すと、そこに少女の姿《すがた》はなかった。

見間違《みまちが》いかもしれない？　と歩道橋を下りはじめた目の前に黄色の雨ガッパの少女が。

黄色い雨ガッパ姿《すがた》の少女は、歩道橋で誰《だれ》を待っていたのでしょうか。

バスから降《お》りてくる誰《だれ》かを待っているのでしょうか？

それとも歩道橋を渡《わた》るあなたを待っていたのかもしれません。

今夜あなたも歩道橋で、黄色い雨ガッパを着た少女に出会うかもしれません。

修《しゅう》学《がく》旅《りょ》行《こう》

学校行事最大のイベントと言えば、やはり修学旅行《しゅうがくりょこう》でしょう。
でも、余計《よけい》な土産《みやげ》を持ち帰ったりしないように気をつけましょう。

楽しみにしていた修学旅行《しゅうがくりょこう》。

その日の旅程《りょてい》を終えてホテルに。

かなり古いホテルだが、内装《ないそう》はきれいだし、設備《せつび》も新しい。

風呂《ふろ》から戻《もど》ってくると、部屋の中で友だちが騒《さわ》いでいる。

「部屋の額縁《がくぶち》の裏《うら》に貼《は》ってあったんだ」

同じ班《はん》のKくんが一枚《まい》の御札《おふだ》を指差した。

「この部屋には幽霊《ゆうれい》が出るのかもしれないな」


しかし結局、その夜部屋に異常《いじょう》はなかった。

「幽霊《ゆうれい》が見られると思ってちょっとワクワクしてたのに」

Kくんは乱暴《らんぼう》に御札《おふだ》をはがすと、丸めて捨《す》ててしまった。

修学旅行《しゅうがくりょこう》が終わってから、しばらくしてＫくんが不思議な話を聞かせてくれた。

誰《だれ》かはわからないが、夜になると彼《かれ》の部屋の中にあらわれて、耳元で囁《ささや》くのだ。

『自由にしてくれてありがとう。これからはずっといっしょだ』って。

「旅館やホテルの額縁《がくぶち》や掛《か》け軸《じく》の裏《うら》に御札《おふだ》が貼《は》られている」

有名な噂話《うわさばなし》ですが、Ｋくんは本当に御札《おふだ》を見つけてしまい、はがしてしまいました。

そのせいで自由になった幽霊《ゆうれい》はＫくんに取り憑《つ》いてしまったのです。

雨《あま》宿《やど》り

天気予報《よほう》を確認《かくにん》していても、
いきなりの雨に降《ふ》られてしまうことがあります。
雨が小降《こぶ》りになるまで雨宿《あまやど》りできる場所があるのは
とても助かります。

友人といっしょに学校からの帰宅途中《きたくとちゅう》、いきなり雨に降《ふ》られてしまった。

あわてて近くの店先に駆《か》け込《こ》んで雨宿《あまやど》りをする。

「ここの商店街もすっかりさびしくなっちゃったね」

ここだって空き家になってから随分《ずいぶん》経《た》つ。

確《たし》か子ども服のお店だった。

すっかりホコリまみれのショーウインドーの奥《おく》に、残された子どものマネキンが数体。

雨が小降《こぶ》りになるのを待つ間、友人と思い出話に花が咲《さ》く。

「もう雨もだいぶ落ちついたみたいだし、走って行けば大丈夫《だいじょうぶ》じゃないかな？」

友人が空を見上げて雨の量を確認《かくにん》する。

「そうだね、このくらいなら平気かな」

二人して足を踏《ふ》み出そうとした時、背後《はいご》でコツンと音がした。

さっきまで店の奥《おく》に無造作《むぞうさ》に転がっていたはずのマネキン。

それが今は重なり合いながら窓《まど》に張《は》りつき、つくり物の目でこっちを見ている。

驚《おどろ》いて声も出ないわたしたちの前で、マネキンの指が動き、窓《まど》ガラスに当たってコツンと音を立てた。

買い物客で賑《にぎ》わっていた商店街も、さまざまな理由で店を閉《し》める所が多くなりました。

以前に子ども服を扱《あつか》っていたこの店の奥《おく》には、当時使われていたマネキンが残っていました。

「人」の形をした物には魂《たましい》が宿《やど》ると言います。

美《び》容《よう》室《しつ》

その場所が以前どのようなところだったのか、
どうしても思い出せないことはありませんか？

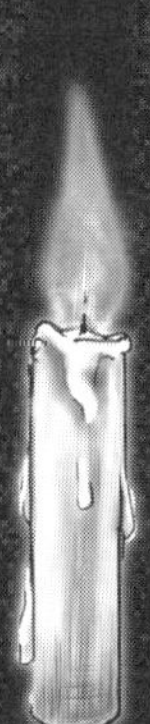

可愛《かわい》らしい看板《かんばん》を出している美容室《びようしつ》を見つけた。
以前ここは・・・何があったのか思い出せない。
店内には美容師《びようし》が一人。
日当たりはいいのに、妙《みょう》に薄暗《うすぐら》く感じられる。

美容師《びようし》に促《うなが》されてシャンプー台へ向かう。
イスを倒《たお》して顔にガーゼをかけてもらい、髪《かみ》を洗《あら》ってもらっていると耳元で声がする。
ガーゼが邪魔《じゃま》で周《まわ》りがよく見えない。
後頭部を流してもらったはずみで、顔の上のガーゼがずれた。
わたしの真上の天井《てんじょう》に張《は》りついて、こちらを見下ろす女性《じょせい》がいた。

脂気《あぶらけ》のないボサボサの髪《かみ》と大きく見開かれた魚のような目。
唇《くちびる》がわずかに何かをささやいて、ニヤリと笑った。
洗髪《せんぱつ》が終わり、体が起こされるまで、彼女《かのじょ》はずっとそこにいた。

以前ここは・・・どうしても思い出せない。

この美容院《びよういん》にいたのは土地に憑《つ》いてさまざまな悪さをする地縛霊《じばくれい》だったのでしょう。
店が変わっても霊《れい》はそこに住み続けているのです。

降《ふ》りはじめた雨

しとしとと雨が降《ふ》り続く梅雨の時期、気分も滅入《めい》ってしまいます。
そんな時、お気に入りの傘《かさ》があれば外出も少しは楽しくなるのでは？

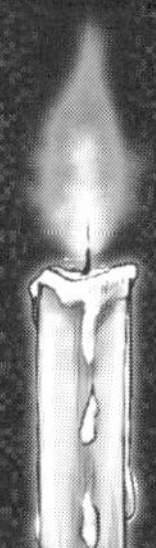

毎日毎日、雨ばっかりで嫌《いや》になっちゃう。
教室の窓《まど》から外を眺《なが》めていると、校庭の隅《すみ》に黄色い傘《かさ》があらわれた。
スキップするようにして黄色い傘《かさ》は校庭を横切りはじめる。
まるで子どもが大人用の傘《かさ》をさしている感じ。
跳《は》ねるようにして、わざと水たまりの中を歩きながら校舎《こうしゃ》の方へ近づいてくる。

前の席の友人も気がついたみたいで、じっと窓《まど》の外を見ている。
もう少しよく見ようと、体を乗り出した瞬間《しゅんかん》。
授業《じゅぎょう》の終わりを告《つ》げるチャイムが鳴った。
傘《かさ》は校庭の真ん中を少し過《す》ぎたところで動きを止めていた。

日直の号令《ごうれい》で立ち上がり、視線《しせん》を校庭に戻《もど》すと、もうそこには誰《だれ》もいなかった。

あれ？　ほんの一瞬《いっしゅん》だけ目を離《はな》しただけなのに。

友人と顔を見合わせていると、教室のドアを開けた先生の驚《おどろ》いた声が。

「おい、誰《だれ》だ。こんな所に濡《ぬれ》れたままの傘《かさ》を置いたのは？」

怪異《かいい》は自分に気がついた人のところに寄《よ》ってくると言います。

黄色い傘《かさ》をさしていたのは誰《だれ》だったのでしょう。

さっきまで校庭にいたはずなのに・・・？

病院

さまざまな病気やケガ、またお見舞《みま》いなどで訪《おとず》れる病院。
静まりかえった待合室で、
この世の者ではない誰《だれ》かを目撃《もくげき》するかもしれません。

ある日友人のお見舞《みま》いで市内にある総合《そうごう》病院へ行くことになった。

部活中に足を骨折《こっせつ》。手術《しゅじゅつ》になったため二週間の入院だそうだ。

放課後少し遅《おそ》くなったが、面会時間は8時までなので、まだ大丈夫《だいじょうぶ》。

病院の待合室でもう一人の友人と待ち合わせの予定。

診察《しんさつ》時間は終わっているので、待合室にはわたしといちばん後ろの隅《すみ》におばあさんが一人いるだけだ。

まもなく友人があわただしく駆《か》け込《こ》んできた。

「ごめん！　待った？」

「わたしも今来たところ」


受付カウンターで病室を聞いてから入院病棟《びょうとう》へ向かう。

入院している友人は骨折《こっせつ》なので、暇《ひま》を持て余《あま》すくらい元気。

時間を忘《わす》れて話に夢中《むちゅう》になっているうちに面会時間も過《す》ぎてしまった。

「9時消灯《しょうとう》でしょう。また来るね」

入院病棟《びょうとう》のロビーから1階の待合室に下りる。

正面玄関《げんかん》はもう閉《し》まっているので、待合室を横切り通用口から出なければならない。

誰《だれ》もいない待合室のいちばん奥《おく》のベンチに人影《ひとかげ》が目に入る。

「あれっ！　まだあのおばあちゃんいるんだ？」

友人もわたしの視線《しせん》の方向を見ながら

「誰《だれ》もいないじゃない？」

誰《だれ》もいない夜の待合室。奥《おく》のベンチに座《すわ》る老人は何を待っているのでしょうか？

その姿《すがた》は、わたしには見えても、友人には見えてないようです。

パソコンゲーム

スマホやパソコンで手軽にゲームができるようになりました。

一人で、仲の良い友人と、見知らぬ誰《だれ》かと、気軽に同じ世界の中で遊ぶことができます。

しかし、くれぐれも自分の帰る世界を忘《わす》れないようにしてください。

ヤバい、またやってしまった。
今日も朝から授業《じゅぎょう》があるっていうのに。
深夜12時もとっくに回わっていた。
慌《あわ》ててゲーム内に残っているメンバーに「そろそろ落ちる」と挨拶《あいさつ》。
プレイしている最中は楽しいけど、こうやって現実《げんじつ》に引き戻《もど》される
のが・・・。
ずっとゲームだけして暮《く》らしていければいいのに。
画面を消す寸前《すんぜん》、メールボックスに通知が届《とど》いているのに気がつい
た。
誰《だれ》だよ、タイミング悪いな。
クリックしてメールを開いてみる。

そこには黒い背景《はいけい》に赤い文字で、こう書かれていた。

「招待状《しょうたいじょう》　いつまでも終わらない　楽しい時間を貴方《あなた》に」

なんだ、これ？

くだらない、いたずらかよ。

舌打《したう》ちをしてパソコンをシャットダウンする。

暗くなった画面に知らない男の顔。

「誰《だれ》だ！」と叫《さけ》ぼうとした彼《かれ》の顔面を、モニターから伸《の》びてきた手が鷲掴《わしづか》みにした。

プツン・・・意識《いしき》もシャットダウンした。

電子機材と霊的《れいてき》な現象《げんしょう》は相性《あいしょう》がいいそうです。
彼《かれ》に届《とど》いたメールは電子回路を漂《ただよ》う、霊界《れいかい》からの招待《しょうたい》状《じょう》だったのです。

金魚鉢《きんぎょばち》

丸い金魚鉢《きんぎょばち》は「可愛《かわい》らしい」というイメージです。
白い敷砂《しきすな》に揺《ゆ》れる水草、泳ぎ回る金魚。
見るだけで涼《すず》やかな気持ちにしてくれます。

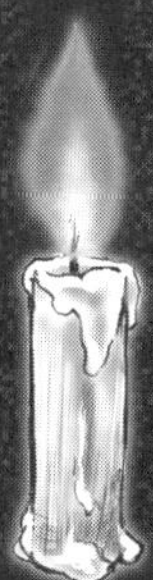

暇《ひま》があると近所にある知り合いの小さな不動産会社にあそびに行っていた。

物件情報《ぶっけんじょうほう》を見ながらの談笑《だんしょう》が楽しかった。

その日は、テレビ番組でも取り上げられていた事故物件《じこぶっけん》の話題で盛《も》り上がっていた。

「この近所にも事故物件《じこぶっけん》ってあるの？」

「あるよ。物件《ぶっけん》案内は出してないけどね」

気軽な口調で返ってきた。

「今日はちょうど近くまで行くから、いっしょに見に行く？」

商店街を入った路地にそのアパートはあった。

外観は小ぎれいで、築年《ちくねん》数もそれほど古くない感じだ。

2階の奥《おく》がその部屋らしい。
鍵《かぎ》を開けて中に入るが、床《ゆか》や壁《かべ》もきれいだ。
ただ一つ気になるのが、空っぽの部屋の中に金魚鉢《きんぎょばち》が置かれたテーブルだ。

部屋の中を案内してもらい、帰り際《ぎわ》玄関《げんかん》で部屋の中をもう一度振《ふ》り返って見た。
西日の入る部屋の中に人影《ひとかげ》が鮮明《せんめい》に見えた。
不自然に体を曲げて金魚鉢《きんぎょばち》をのぞき込《こ》む男の姿《すがた》が。

この部屋の前の住人と金魚鉢《きんぎょばち》にはどのようなつながり
があるのでしょうか？
金魚鉢《きんぎょばち》を片《かた》づけられない理由は、手を触《ふ》れた者に何か
が起きるからなのかもしれません。

マッサージ

マッサージで体をほぐしてもらうのは、とても気持ちがいい。
思わずそのまま眠《ねむ》ってしまうほどです。

毎日パソコンの前にかがみ込《こ》んでいる仕事のためか、肩《かた》こりが酷《ひど》い。

定期的にマッサージ店に通っているのだけど、焼け石に水だ。

出張先《しゅっちょうさき》で、いつもよりひどい痛《いた》みが。

宿泊《しゅくはく》しているホテルに戻《もど》る途中《とちゅう》、駅から少し離《はな》れた場所にマッサージ店があるのを見つけた。

助かったと思い飛び込《こ》んでみると、中にいたのは痩《や》せた中年の男性《だんせい》が一人。

心配になるほど顔色が悪い。

「やっぱりやめます」とは言えず、着替《きが》えて施術台《せじゅつだい》の上へ。

横になって待っていると、いきなり冷たい手が足首を掴《つか》んだ。

小さく悲鳴《ひめい》を上げて飛び起きるが、そこには誰《だれ》もいない。

まもなく仕切りのカーテンが開いて男性《だんせい》が入ってきた。
ようやくマッサージがはじまり、肩《かた》から背中《せなか》へと進んでいく。

しかし、全然ほぐされている気がしない。
まるで全身が余計《よけい》に固まっていくようだ。
するといきなり男性《だんせい》は手を止め、「ちょっと失礼します」と出ていってしまった。

待っていても、なかなか戻《もど》ってこない。
痺《しび》れを切らしてカーテンを開けると、そこはむき出しのコンクリートが寒々しい廃墟《はいきょ》だった。

マッサージ師《し》は人体の悪い部分に直接《ちょくせつ》触《ふ》れるため、人のマイナスの気を受けやすいそうです。溜《た》まった悪い気は、そのまま部屋中にあふれ、マッサージ師《し》自身も悪い気の溜《た》まった空間に捕《と》らわれているのです。

交差点

日本全国に数え切れないほど存在《そんざい》する交差点。
その中にはなぜか事故《じこ》が多発する場所があります。
いったい、どんな理由があるのでしょうか？

うちの近くにある交差点は事故《じこ》が多いので有名だ。
横断歩道脇《おうだんほどうわき》の電柱《でんちゅう》には、いつも新しい花が供《そな》えてある。
亡《な》くなった人のためのものだろう。
ある雨の夜、いつもより遅《おそ》くなってしまった帰り道。
横断歩道《おうだんほどう》の手前で信号が変わるのを待っていた。
霧《きり》のせいか、あたりが白くかすんできている。

通りの向こうに、赤い傘《かさ》をさした少女が見える。
すると、ふいにその子のさしていた赤い傘《かさ》がふわりと道の真ん中へ。
とっさに数歩踏《ふ》み出しかける。
アスファルトを滑《すべ》る急ブレーキとクラクションの音。
視界《しかい》をさえぎる眩《まぶ》しい車のライト。

驚《おどろ》きで足がもつれてその場にへたりこむ。

信号がまだ赤なのに飛び出してきたと運転手から怒鳴《どな》られた。

走り去《さ》る車の後には、道から頭を半分だけ出した少女が笑っていた。

事故《じこ》の多発する場所には霊《れい》を呼《よ》び込《こ》む磁場《じば》のようなものがあります。

赤い傘《かさ》の少女はこの場所で事故《じこ》を起こさせて、もっと仲間を増《ふ》やそうとしているのです。

記《き》憶《おく》

世の中には前世の記憶《きおく》や母親のお腹《なか》にいる時の
胎内《たいない》記憶《きおく》を持つ人がいると言います。
自分が自分になる前の記憶《きおく》、
あなたなら覚《おぼ》えておきたいですか？

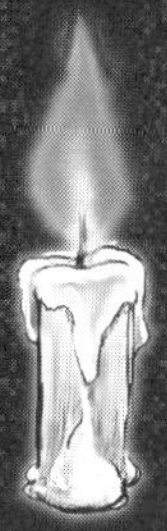

母の用事につきあって出かけることになった。
頼《たの》まれ物を実家に届《とど》けるらしい。
日差しは強く、荷物を抱《かか》えて歩いていると汗《あせ》が流れ出す。
駅を出て大きな角を曲がると公園の前へさしかかった。
脇《わき》には一体のお地蔵様《じぞうさま》があり、しおれた花が供《そな》えられている。

目にした瞬間《しゅんかん》、景色が二重写しのようにダブって見えた。
わたしはこの公園でお姉ちゃんといっしょに遊んでいた。
転がったボールを追いかけて、わたしは公園を飛び出す。
お姉ちゃんがわたしを呼《よ》ぶ叫《さけ》び声、轟音《ごうおん》と共にせまってくるトラック。

「昔この場所で小さな女の子が事故《じこ》にあってね」

「近所に住んでいた子だったから、よくいっしょに遊んだの」

「わたしの目の前で事故《じこ》にあったのよ」

うん、覚《おぼ》えてる。

よく覚《おぼ》えてるよ「お姉ちゃん」。

公園脇《こうえんわき》のお地蔵様《じぞうさま》は事故《じこ》で亡《な》くなった少女のためのものでした。
それを見た瞬間《しゅんかん》に、彼女《かのじょ》は古い記憶《きおく》を取り戻《もど》します。
長い時間をかけて、少女は「お姉ちゃん」の所へ戻《もど》ってきたのかもしれません。
今度は「娘《むすめ》」として。

舞台《ぶたい》

演《えん》じることに情熱《じょうねつ》を傾《かたむ》け、日々稽古《けいこ》を重ねている役者たち。
それでもすべての役者が舞台《ぶたい》に立てるとは限《かぎ》らない
厳《きび》しい世界でもあるのです。

今夜は所属《しょぞく》する劇団《げきだん》のクリスマス公演《こうえん》。
演目《えんもく》は「賢者《けんじゃ》の贈《おく》り物」、ボクの大好きな作品だ。
ボクの仕事は舞台袖《ぶたいそで》でさまざまな指示《しじ》を出すことだ。
トラブルもなく無事演目《えんもく》も終わった。

お客さんの反応《はんのう》も上々。
会場からは大きな拍手《はくしゅ》が。
舞台《ぶたい》上の演者《えんじゃ》の顔も満足そうに輝《かがや》いている。
公演《こうえん》は大成功だ。
最後に演者《えんじゃ》全員でカーテンコール。

その時だ！　照明担当《たんとう》からボクのインカムに連絡《れんらく》が入った。

「舞台《ぶたい》の反対側の袖《そで》に立っている和服《わふく》の女性《じょせい》は誰《だれ》だ！　そこから見えるか？」

「こちらからは見えないけど・・・今日の演目《えんもく》に和服《わふく》なんかいるはずないだろう」

こちらとは反対側であれば、ボクの丁度《ちょうど》正面になるが、揃《そろ》いのTシャツ姿《すがた》のスタッフしかいないのだ。

まもなく、地震《じしん》でもないのに舞台《ぶたい》の釣《つ》り照明が揺《ゆ》れ出した。

こんな演出《えんしゅつ》はない！

驚《おどろ》いたスタッフがみんな動き出す。

そして、揺《ゆ》れる光の中に和服姿《わふくすがた》の女性《じょせい》が浮《う》かび上がった。

この劇場《げきじょう》には、女優《じょゆう》の霊《れい》が憑《つ》いているようです。
普段《ふだん》は見えなくても、照明の角度などで見えることもあるようです。
舞台《ぶたい》への想《おも》いが念《ねん》となってあらわれているのかもしれません。

墓参《はかまい》り

先祖《せんぞ》への感謝《かんしゃ》と報告《ほうこく》を兼《か》ねておこなわれる墓参《はかまい》り。
最近では忙《いそが》しかったり、場所が遠かったりで
なかなかお墓《はか》まで行けない人が増《ふ》えています。

長い間訪《おとず》れることのなかった田舎《いなか》のお墓《はか》へ行くことになった。

祖父《そふ》が亡《な》くなってから、誰《だれ》も来ていなかったらしい。

自分もそうなのだから、言えた義理《ぎり》ではないが。

墓地《ぼち》は荒《あ》れ放題でビックリする。

どうやらどこの家も状況《じょうきょう》は同じらしい。


お墓《はか》の周《まわ》りをキレイにし、花を供《そな》え、線香《せんこう》をあげて手を合わせる。

簡単《かんたん》に来られる距離《きょり》ではないし、今度はいつ来られるかわからない。

雑草《ざっそう》が風に揺《ゆ》れる音を聞きながら立ち上がり、歩き出した時、ふと気配を感じて振《ふ》り返る。

誰《だれ》もいなかったはずの墓地《ぼち》の中に人がたくさんいる。

それらの人たちは風に揺《ゆ》れながら、ボクに向かって手招《てまね》きをする。

急に寒気がして、慌《あわ》てて墓地《ぼち》から走り出た。

墓地《ぼち》に姿《すがた》をあらわしたのは、きっとお参《まい》りしてくれる
人もいない霊《れい》たちでしょう。
自分のお墓《はか》にも参《まい》ってほしいと出てきたのです。

地下鉄

地下に張《は》り巡《めぐ》らされた蜘蛛《くも》の巣《す》のように伸《の》びる地下鉄。
先頭車両から見える線路の様子は、
まるで遊園地のアトラクションのようです。

地下鉄のホームであくびを噛《か》み殺す。
このところ忙《いそが》しくて、すっかり寝不足《ねぶそく》だ。
心なしか構内《こうない》の空気も淀《よど》んで感じられる。
到着《とうちゃく》した電車に乗り込《こ》み、ドア脇《わき》に立つ。
バッグの中から読みかけの本を取り出し、ページをめくる。
乗客は少なく立っているのはこの車両でわたしだけだ。
ふと見ると、ドアの窓《まど》に男性《だんせい》の姿《すがた》が映《うつ》っている。

わたしが降《お》りる駅まではもう少し。
また本に意識《いしき》を戻《もど》す。
ガタンッ、という揺《ゆ》れにバランスを崩《くず》したが、周《まわ》りに人はいないのでよかった。

視線を上げると、相変《あいか》わらず窓《まど》に映《うつ》っている男性《だんせい》と目が合ってしまった。

そして、ほどなくして電車は駅に滑《すべ》り込《こ》んだ。

電車に乗ってから降《お》りるまで立っていたのは一人だけでした。
では、ドアの窓《まど》に映《うつ》る男性《だんせい》はどこにいたのでしょう？
考《かんが》えられるのは一つだけです。
走っている電車の「外」に張《は》りついて車内を見ていたのです。

雷《かみなり》の夜

夜空を切り裂《さ》いて光る稲妻《いなずま》。
自然がつくり出す光のショーは恐《おそ》ろしくもあり、美しくもあり。
ただ、自分に害のない場所にいることが大前提《だいぜんてい》ですが。

わたしの家にある古い日本人形。
いつどこで、誰《だれ》が手に入れたのかもわからない。
好きではなかったが、床《とこ》の間《ま》に飾《かざ》られているのでいやでも目に入る。
なぜか見るたびに人形の顔が変わっている気がする。
でもどんな表情《ひょうじょう》をしていたのか、よく思い出せない。

激《はげ》しい雷雨《らいう》の夜、眠《ねむ》れなくなってキッチンに水を飲みに行った。
時折《ときおり》、青白い閃光《せんこう》が室内を照らす。
薄暗《うすぐら》い廊下《ろうか》の先に、なにかあるのに気がついた。
目を凝《こ》らすと、そこにあったのはあの人形。
どうしてここに？

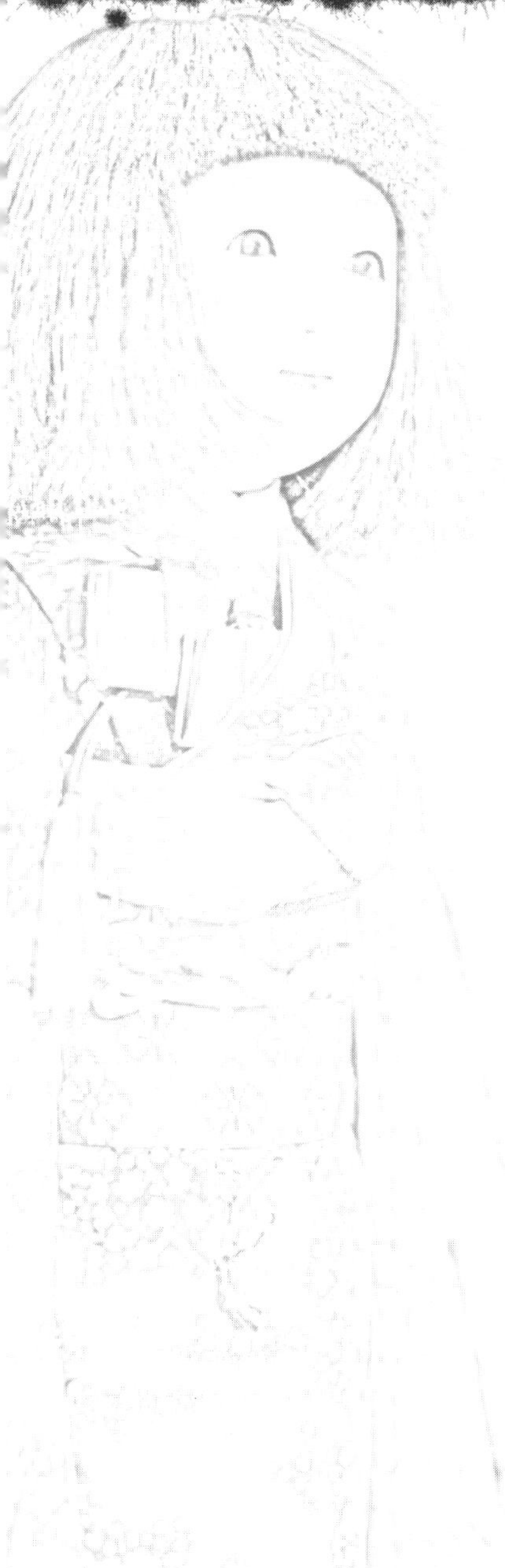

また室内が照らされる。

あれ、なくなってる。

見《み》間《ま》違《ちが》いかな？

部屋に戻《もど》ろうとしたわたしのパジャマの裾《すそ》がなにかに引っかかった。

視《し》線《せん》を下げると、小さな白い手がパジャマのズボンの裾《すそ》を握《にぎ》っていた。

見るたびに表情《ひょうじょう》を変える古い日本人形。
雷雨《らいう》の夜に家の中を徘徊《はいかい》していた人形の中にはいった
いどんな魂《たましい》が入り込《こ》んでいるのでしょう。

横《おう》断《だん》歩《ほ》道《どう》

誰《だれ》もが安全に通行できるように設置《せっち》された横断歩道《おうだんほどう》。
歩行者も運転者も、交通ルールを守って安全に！

駅からの帰宅途中《きたくとちゅう》にある横断歩道《おうだんほどう》。
道幅《みちはば》はあまり広くなく、車の通りも少ない。
道を渡《わた》った先にあるコンビニに寄《よ》ろうとして、横断歩道《おうだんほどう》にさしかかり足を止める。

低い排気音《はいきおん》を立てて、向こうから大型トラックがやってくる。
「ん！」ポケットの中のスマホがメール着信を知らせた。
誰《だれ》だろう？

トラックが通り過《す》ぎるのを待ちながら、スマホの画面を確認《かくにん》する。
なんだDMか、面倒《めんどう》くさいな。
メールを削除《さくじょ》して視線《しせん》を上げる。

あれ？　さっきのトラックは？

確《たし》かにこちらに向かって走ってきていた大型トラックの姿《すがた》は影《かげ》も形もなかった。

一本道で、曲るような道はないのに。

轟音《ごうおん》を立てて走ってくる大型トラック。
しかしそれは煙《けむり》のように姿《すがた》を消してしまいました。
無機質《むきしつ》である車も幽霊《ゆうれい》になったりするのでしょうか？

図書室

図書室というのは不思議な空間です。
学校の中にありながら、
そこだけが校内の喧騒《けんそう》から切り離《はな》されているような。

授業《じゅぎょう》のグループワークで必要な資料《しりょう》を探《さが》すため、図書室へ。
中へ入ると、長テーブルの上に一冊《さつ》の本が出たままになっていた。
周《まわ》りには誰《だれ》もいない。
誰《だれ》よ、本を出しっぱなしにしたのは。
本を閉《と》じると、元あったであろう場所に戻《もど》しておいた。

翌日《よくじつ》、借りていた本を返しに図書室に。
ドアを開けると、昨日と同じように長テーブルの上に本が出ている。
タイトルも同じ、でも開かれたページは昨日より進んでいた。

放課後、外は激《はげ》しいゲリラ豪雨《ごうう》。
図書室の前を通り過《す》ぎようとした時、また同じように本が出ているのが見えた。
風にあおられているのか、ページが一枚《まい》ずつめくれていた。
どうしてそのままにしていくのかな？
本を閉《と》じて棚《たな》に戻《もど》すと、窓《まど》が閉《し》まっているのを確認《かくにん》してから部屋を出た。

いつも出しっぱなしになっている本。
開いたページは進んでいます。
誰《だれ》もいないはずの図書室に置かれた本は、そこにいる
姿《すがた》のない人物が読んでいたのでしょう。

拾《ひろ》い物

何気なく歩いている道を見てみると、実にさまざまな物が落ちています。
空き缶《かん》、ペットボトル、ビニール袋《ぶくろ》、ハンカチ、手袋《てぶくろ》、靴《くつ》・・・。
中には「どうしてこんな物が？」と首を傾《かた》げたくなる物も。

小学生の妹が学校からの帰り道、小さなマスコット人形を拾《ひろ》ってきた。
泥《どろ》で汚《よご》れたその人形を、妹はキレイに洗《あら》って持ち歩いている。
新しい物を買ってあげるからと言っているのに、手放そうとしない。
何だか少々、気味悪くも感じる。
それにマスコットを手にして以来、どうも妹の様子がおかしい。
時折《ときおり》、わたしのことを「他人」のような目で見るようになった。
それが気持ち悪くて仕方がない。
ある日、いとこが遊びに来た。
妹が手にしていたマスコットに興味《きょうみ》を持ったらしく、あれが欲《ほ》しいと言い出した。

妹は絶対《ぜったい》に譲《ゆず》ろうとせず、いとこと人形の取り合いになってしまった。

いとこはマスコットを妹の手からむしり取り、勢《いきお》い余《あま》って壊《こわ》してしまった。

途端《とたん》に鋭《するど》い悲鳴《ひめい》をあげて妹が倒《たお》れ込《こ》む。

やがて妹は意識《いしき》を取り戻《もど》したが、マスコットを拾《ひろ》ってからの数日間の記憶《きおく》がなかった。

道に落ちている物を拾《ひろ》って持ち帰るのはやめたほうがいいでしょう。
「良くないモノ」が憑《つ》いている可能性《かのうせい》があるからです。
拾《ひろ》い物にはご用心！

ストーカー

近年、社会問題にもなっているストーカー。
気をつけているからといって、避《さ》けられるものでもありません。
なにせ、相手にはこちらの常識《じょうしき》が通用しないのですから。

ああ、まただ！
あの電柱《でんちゅう》の陰《かげ》、あそこにいる。
こっちをじっと見ている男の姿《すがた》。
知ってる人かって？
そんなわけないじゃん！
全然知らない人だよ。

近づくとすっと消えてしまうくせに、気がつくとこっちを見てる。
昼も夜も関係なしにつきまとってくるし。
一瞬《いっしゅん》の隙《すき》に消えてしまって、次の瞬間《しゅんかん》には別の物陰《ものかげ》にいるんだよ。
気持ち悪いったらないわ！

え、どこにいるのかって？

あそこだよ、電柱《でんちゅう》の陰《かげ》。

ほら、いるじゃない。

見えない？

今もこっちを見てる。

ああ、もう頭がおかしくなりそう！

ある女性《じょせい》がストーカー被害《ひがい》にあっています。
でもその相手の姿《すがた》は、女性《じょせい》以外には見えていないようです。

窓《まど》

小窓《こまど》、出窓《でまど》、掃《は》き出し窓《まど》、防音窓《ぼうおんまど》、いろいろな種類の窓《まど》があります。
住む人を雨風から守り、景色を切り取る型枠《かたわく》であり。
そして怪異《かいい》と現実《げんじつ》を隔《へだ》てる「結界《けっかい》」でもあるのです。

季節外れの台風が関東地方を襲《おそ》った夜。
安否確認《あんぴかくにん》も兼《か》ねて友人と電話をしていた。
こんな時でも休めない会社の愚痴《ぐち》や、別の友人の噂話《うわさばなし》など話題には事欠《ことか》かない。
一人暮《ぐ》らしの心細さもあって、ついつい長電話になってしまった。
強い風が吹《ふ》きつけてきて、時折窓《ときおりまど》を激《はげ》しく揺《ゆ》らす。

友人との会話の隙間《すきま》に、時々誰《だれ》かの声がはさまる。
テレビで台風情報《じょうほう》でも見ているのだろうか?
最初はかすかに聞こえる程度《ていど》だった声が、だんだん大きくなってきた。
同じフレーズをくり返しているらしい。

違和感《いわかん》を覚《おぼ》えて友人に確認《かくにん》すると、部屋の中で音の出る物はないという。

普通《ふつう》に会話を再開《さいかい》した友人の背後《はいご》で、今度はハッキリと聞こえた。

窓《など》を叩《たた》く音と「ココヲ開ケテ　外ニイルノ」という声。

え、でも友人が住んでいるのはマンションの四階なのに。

外からやってくる怪異《かいい》は招《まね》かれなければ室内には入れないと言います。

このまま友人が声に気づかず、窓《まど》を開けなければ大丈《だいじょう》夫《ぶ》。

でも・・・もしも窓《まど》を開けてしまったとしたら？

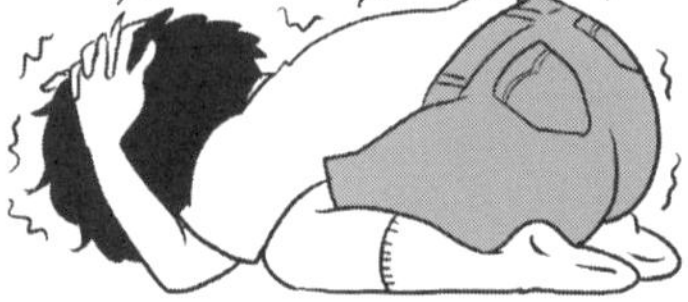

カラオケ

大人も学生も手軽に楽しめる娯楽《ごらく》となったカラオケ。料金設定《せってい》もお手頃《てごろ》で、ドリンクもフードもあります。何より、人を気にせずに大声を出せるのがいいですよね。

今日は学校が午前中で終わり。
友人を誘《さそ》って三人で、帰り道の途中《とちゅう》にあるカラオケ店へ寄《よ》り道。
楽しく盛《も》り上がっていると、店員さんが注文したドリンクを持ってきてくれた。
でも数が合わない。
わたしたちは三人なのに、ドリンクは四つ。
一つ多いですよ、と持ち帰ってもらった。
ここの店員さんが勘違《かんちが》いするなんて珍《めずら》しいね。
気にせず歌っていると、今度は頼《たの》んでもいない料理を持って入ってきた。
違《ちが》うと言うと、店員さんは青くなって料理を下げる。

一体なんなの？　三人で顔を見合わせた。
「早く歌おうよ」と誰《だれ》かが言って、音楽が流れはじめた。

そうしたら店長さんが入ってきて、内線の調子が悪いって言われた。

部屋を移《うつ》ることもできたけど、もう帰ることにした。

「もう少し歌いたかったな」

わたしが最後に部屋を出ると、背中越《せなかご》しに声がした。

一人分多いドリンクに、頼《たの》んでもいない料理。
友人ではない誰《だれ》かの選曲で流れはじめる音楽。
カラオケルームには姿《すがた》の見えない誰《だれ》かがいたのでしょう。

付録

霊能者《れいのうしゃ》

最近 肩《かた》が異常《いじょう》に 重いような 気がする
霊能者《れいのうしゃ》にみて もらったら？
なるほど… これは…
やっぱり なにか 憑《つ》いてるん ですか？
戦国武将《せんごくぶしょう》の 霊《れい》を背負《せお》って います
武将《ぶしょう》!? 誰《だれ》!?
ほにゃら はにゃら〜
ほにゃ はにゃら〜

はあっ!!
これで
あなたたちも
霊《れい》が見える
でしょう
なんで？
重くないの？
ヒヒーン
何か
見えますか？
ひ〜!
ぬっ
おお我《わ》が
名馬よ!
ヒヒーン
ビクッ

古井戸《ふるいど》

昔《むかし》のくらし
体験《たいけん》ツアーは
つる べ井戸《いど》です
暗《くら》くなってきた
ので少しだけ
やってみましょう
私《わたし》やりたいです
それではロープを
ゆっくり下げて
桶《おけ》が下についたら
ゆっくり引き上げて
ください
ギィ
ギィ
思ったより
重い～
ギィ
ギィ
おもい～
わっ!!

えっ？
ビクッ
シュル
シュル
シュル
ドボーン
なに？
びっくりして
手離《はな》しちゃった
もう一回
スル
スルー
スル
あれ？
今度は軽《かる》い
ギャー！！
ビクッ
ハッ
ゴン
ぎゃっ
ちょっと
みんな
どうしたの？
たっ
ヒュー
ひえ〜

カフェはじめました

ある日の夜
コンコン
誰《だれ》だ？
こんな時間に
ガチャ
はーい
あれ
誰《だれ》もいない
シーン
翌日《よくじつ》の
同じ時間
コンコン
ガチャ
また
いない
なんだよ
もうー
シーン
そんなある日
はて何か
感じるぞ
ピンポーン
こんにちは
ガチャ
お坊《ぼう》さん？
はい…
なにか？
？

この部屋は霊《れい》が出入りしていますが
キョロ
キョロ
ご存《ぞん》じか？
霊《れい》!?
ここ最近何か変わったことはありませんか？
そういえばここのところ毎晩《まいばん》ドアがノックされます
それは霊《れい》たちの仕業《しわざ》でしょう
え!?そうなんですか？
何か対策《たいさく》を考えないといけませんね
対策《たいさく》…あっいいこと思いついたかも
そして…
霊カフェ OPEN
ご来店時は
ノック不要です
バーン
いらっしゃ～い
幽霊《ゆうれい》一人
カラーコロン
メニュー
あの日からドアのノックはなくなった

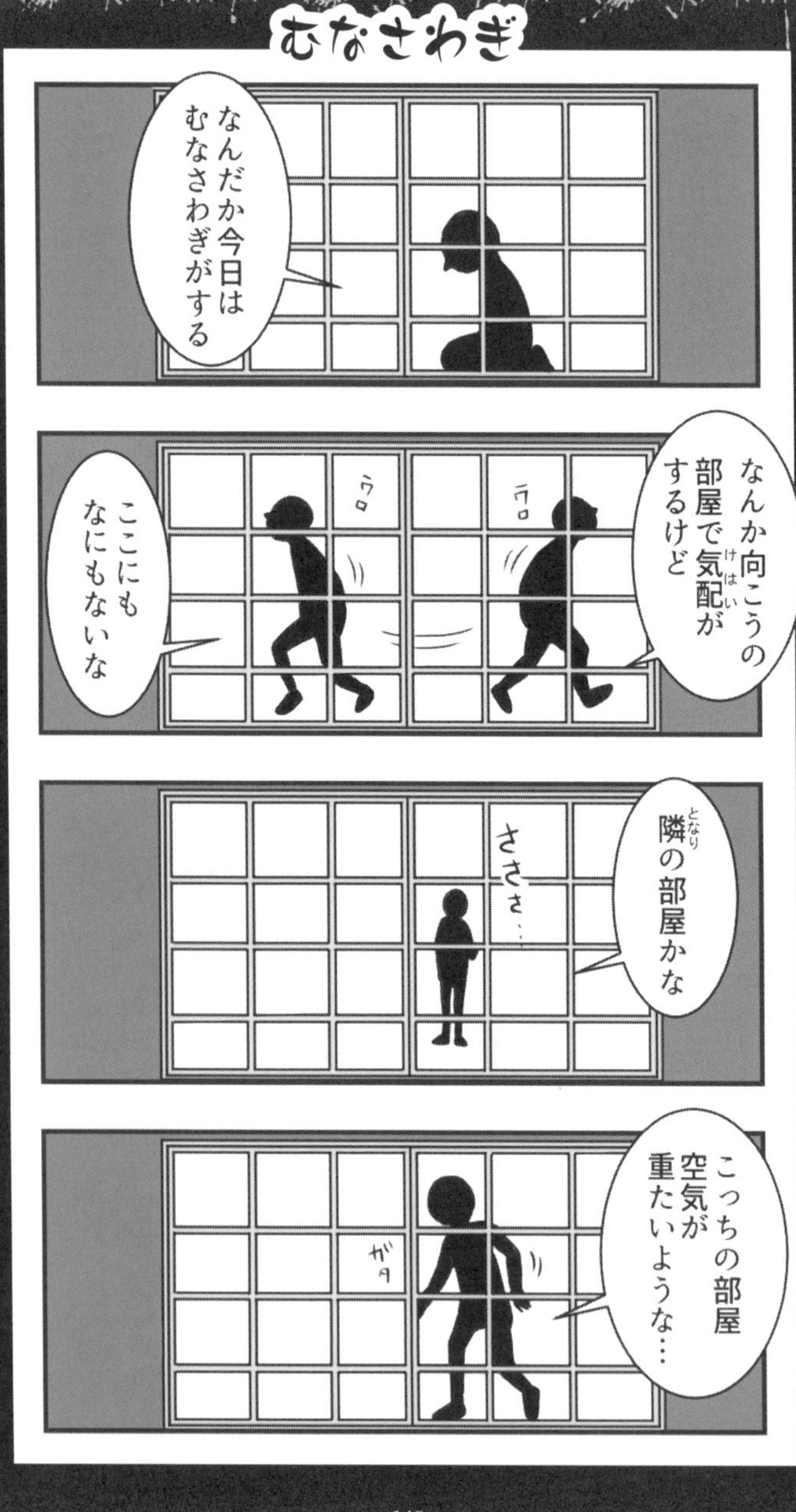
むなさわぎ
なんだか今日は
むなさわぎがする
なんか向こうの
部屋で気配《けはい》が
するけど
ウロ
ウロ
ここにも
なにもないな
隣《となり》の部屋かな
さささ…
こっちの部屋
空気が
重たいような…
ガタ

ぎょっ
臨兵闘者
皆陣列在前
ぶつぶつぶつ
破は!!
シュワ
うわぁぁマジかよぉぉぉ…
これで
除霊完了《じょれいかんりょう》です
ありがとう
ございました

あとがき

意味がわかるとゾッとする話　3分後の恐怖『むなさわぎ』いかがでしたでしょうか？

初めまして、そしてお久しぶりでございます。作者の橘 伊津姫です。

みなさんのお手元に無事、「むなさわぎ」の巻をお届けできてホッとしております。

こういった「怖い話」を書いていると、「怖い」とはどういうことなのかと考えます。

ある方の言葉に「なぜ人は『怖い話』が好きなのか？　それは『生きている』という生存本能を刺激されるからです」というものがありました。

この言葉を読んで「なるほどなぁ」と納得してしまいました。

「怖い話」は古くから娯楽の一種であり、また幼い子供たちを危険から守る「教訓」の一種でもありました。

近づいてはいけない場所、やってはいけない事、神仏への祈りと感謝を分かりやすく伝えるために、「怖い話」は語り継がれてきました。

「恐怖」は人間が持つ本能の中でも、もっとも強いものの一つです。それはまだ人間が明かりも武器も手にしていなかった古い時代、「怖い」から逃げ出すことが生き延びるためのたった一つの手段だったからです。

時代が流れ、私たちの周りには光があふれています。必要な時に、必要なだけの光を使うことができる。だからと言って「怖い」ものがなくなったわけではありません。夜の闇や病気、事故、死など、私たちの周りには相変わらず「怖い」ものがたくさんあるのです。

私たちは「怖い」を忘れて生きていくことはできません。だからこそ「そこにあるのを知っているぞ!」と認識するためにも、人は「怖い」ものを求めるのでしょう。

さて、堅苦しいお話はここまでにして。

これからも読み終わって「ああ、怖かった。面白かった」と思ってもらえるような作品を書いていけるように精進していきます。だって「怖いを楽しむ」ことは、人間にしかできないことなのですから。

ステキなイラストで装丁・本文を彩って下さったイラストレーターのみなさま、本当にありがとうございました。

そしてこの本を手に取ってくださったあなた! あなたに最大級の感謝を!

またどこかでお目にかかれる日を楽しみにしております。

橘 伊津姫

著●橘 伊津姫（たちばな　いつき）
1971年3月生まれ。埼玉県在住。
県立鶴ヶ島高等学校（現・鶴ヶ島清風高等学校）卒業。
幼少期よりオカルト・ホラー・心霊写真などに興味を持ち、ネット上にてホラー小説を公開。スマホアプリ「peep」にてホラー作家として活動中。

装丁イラスト●虚月はる（こうづき　はる）
1999年生まれ、宮城県在住。
デザイン・芸術系専門学校に在学中のイラストレーター。
ダークカラーや青を基調とした仄暗く儚げな世界観のイラストを得意とし、ストーリー性を感じる作品づくりを目指している。

イラスト●下田麻美（しもだ　あさみ）
中央美術学園専門学校卒業後、フリーのイラストレーターとして活動。
最近では別名義シモダアサミとして漫画の執筆活動も行っている。
主な作品は双葉社「中学性日記」芳文社「あしながおねえさん」など。

意味がわかるとゾッとする話 3分後の恐怖《きょうふ》
『むなさわぎ』

2020年3月　初版第1刷発行
2022年1月　初版第2刷発行

著　　者　橘　伊津姫
発 行 者　小安　宏幸
発 行 所　株式会社　汐文社
東京都千代田区富士見1-6-1
富士見ビル1階　〒102-0071
電話03-6862-5200　FAX03-6862-5202
印　　刷　新星社西川印刷株式会社
製　　本　東京美術紙工協業組合

ISBN978-4-8113-2652-8　NDC387